ESTE LIBRO
PERTENECE A

¿YA CONOCES A TODOS LOS MONSTRUOS?

APRENDE A LEER
- en la -
ESCUELA de MONSTRUOS

Ilustraciones de **CHRIS KENNETT**

SALLY RIPPIN
Adaptación de **MAR BENEGAS**

SIN TEMOR NI FLOTADOR

Montena

CUIDADO. NO ENTRES.
PELIGRO.
MEJOR NO ABRAS
ESTE LIBRO.

LA ESCUELA de MONSTRUOS
HA ABIERTO
SUS PUERTAS.

SI SALES CORRIENDO, ¡SEGURO QUE ACIERTAS!

EN VERANO,
LA PISCINA ES LO
MEJOR:

LA TOALLA, EL ALMUERZO
Y UN BAÑADOR.

EL AGUA ESTÁ FRESQUITA,
LLEGAN Y SE TIRAN,

TODOS MENOS LUISA,
ELLA SOLO MIRA.

PARECE QUE LUISA
NO SABE NADAR.

—NO TE PREOCUPES,
TE PUEDO ENSEÑAR.

QUÉ NERVIOS,
QUÉ HONDO.
Y SU CORAZÓN

LATE MUY FUERTE,
PARECE UN CAMIÓN.

—NO TENGAS MIEDO
—LE DICE SU AMIGA
GEMA—.

SOY INVENTORA, ¡ARREGLARÉ EL PROBLEMA!

GEMA Y BRUNO
TRABAJAN MUY
CONTENTOS,

TERMINAN SU INGENIO
EN UN MOMENTO.

LUISA DESCONFÍA DE AQUEL INVENTO,

POR SI DE PRONTO
SE LA LLEVA EL VIENTO.

AL FINAL SE ATREVE
A USAR EL FLOTADOR,

Y, POCO A POCO,
SUPERA SU TEMOR.

JUGANDO, LUISA
NO SE FIJA EN NADA,

PERO SE ACERCA A
UNA RAMA AFILADA.

LA RAMA HA PINCHADO SU FLOTADOR,

¡QUE SALE VOLANDO COMO UN REACTOR!

—MUEVE LAS PIERNAS Y TAMBIÉN LOS PIES

—GRITA PAMELA—.
¡UNO, DOS Y TRES!

PERO, DE REPENTE...

¡ESTA SÍ QUE ES BUENA...!

¡LUISA ESTÁ NADANDO COMO UNA SIRENA!

ANTES DE QUE PAMELA LLEGUE HASTA SU LADO:

—MÍRAME, PAMELA,
¡MIRA CÓMO NADO!

LUISA HA APRENDIDO:
ADELANTE Y ATRÁS.

NADA QUE TE NADA,
COMO LOS DEMÁS.

AHORA LE ENCANTA, ¡NADAR LE FASCINA!

YA SEA EN UN LAGO
O EN LA PISCINA.

MEJOR
ENSEÑAR
APRENDE PALABRAS NUEVAS
BAÑADOR
PISCINA
CAMIÓN
ESTAS PALABRAS SALEN DESTACADAS EN ROSA EN EL LIBRO. ¿YA LAS HAS APRENDIDO?
PALABRAS NUEVAS:
FÁCIL
DIFÍCIL
MEDIO
TIRAN
VIENTO
MIRA

CORAZÓN
NADAR
PROBLEMA
GEMA
CONTENTOS
MOMENTO
TEMOR
AFILADA
NADA
PIES
BUENA
INVENTO
TRES
FLOTADOR
FASCINA
LADO
NADO
SIRENA
ATRÁS
DEMÁS
REACTOR

CÓMO USAR ESTE LIBRO

¡Aprende a leer en la Escuela de Monstruos!

Uno de los mayores placeres de los pequeños lectores es escuchar leer en voz alta a los mayores. Leer y contar cuentos es la mejor forma para que asocien los libros con una experiencia divertida, y es un momento perfecto para que se familiaricen con el lenguaje y aprendan a leer.

TRUCOS Y RECURSOS PARA GUIAR Y MEJORAR LA LECTURA

- Es recomendable comentar juntos y hacerles preguntas sobre qué ven en las imágenes para ayudarles a complementar la historia.
- Según avanzamos en la lectura, podemos ir siguiendo el texto con el dedo de izquierda a derecha, esto les ayuda a incorporar ese movimiento visual para aprender a leer.
- Para ayudarles a aprender las palabras que no conocen podemos

indicarles el sonido de algunas letras. Es recomendable referirse a las letras tal como suenan y no tal como se dicen. Es decir, la "eme" será "m", no "eme".

Podemos ir señalando las palabras destacadas en rosa para que se familiaricen con ellas y las integren en su vocabulario. Según vaya incrementándose su confianza, es conveniente hacer una pausa en las palabras destacadas para que las pronuncien sin ayuda.

Luego podremos volver a practicar estas palabras usando la lista que se encuentra al final del libro.

Poco a poco los pequeños lectores se sentirán preparados para enfrentarse a la lectura de todo el libro sin ayuda. Incluso se atreverán a inventarse sus propias historias de monstruos. ¡Imaginación al poder!

Sally Rippin es una de las autoras infantiles más exitosas y apreciadas del mundo. Ha escrito más de cincuenta libros para niños y jóvenes, y ha obtenido numerosos premios por su escritura. Sus libros más conocidos son *Billie B Brown*, *Hey Jack!* y las series Polly y Buster. A Sally le gusta mucho escribir historias emotivas, así como personajes con los que se identifiquen tanto niños como padres y maestros.

WWW.SCHOOLOFMONSTERS.COM

CÓMO DIBUJAR A LUISA

① Usando un lapicero, comienza con dos círculos para los ojos, dos pupilas, dos cejas y una pequeña boca sonriente.

② Dibuja una especie de salchicha alrededor de la boca, una cabeza redonda y unas formas grumosas en la parte superior y en los lados.

③ Dibuja una forma de V bajo la barbilla y tres líneas verticales para el chubasquero.

④ Dibuja dos mangas y las líneas inferiores para el chubasquero.

5 Ahora dibuja dos manos y dos botas.

6 ¡Es el momento de los detalles finales! Dibuja los dos botones del abrigo, unas líneas que crucen las botas y algunas escamas de pez. ¡No te olvides de la cola!

Chris Kennett lleva dibujando desde que es capaz de sostener un lápiz (o eso dice su madre). Profesionalmente, Chris ha estado dibujando personajes extravagantes durante los últimos veinte años. Es muy conocido por dibujar las criaturas extrañas y maravillosas de la saga de Star Wars, pero también le encanta dibujar monstruos tiernos y adorables, ¡y espera que tú también lo hagas!

¿HAS LEÍDO TODOS LOS LIBROS DE LA COLECCIÓN?

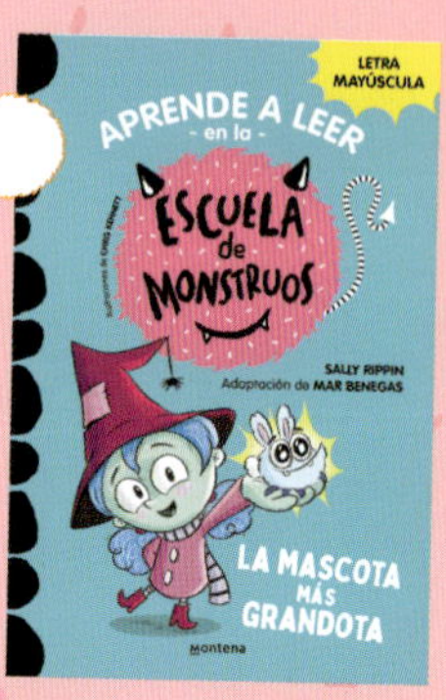

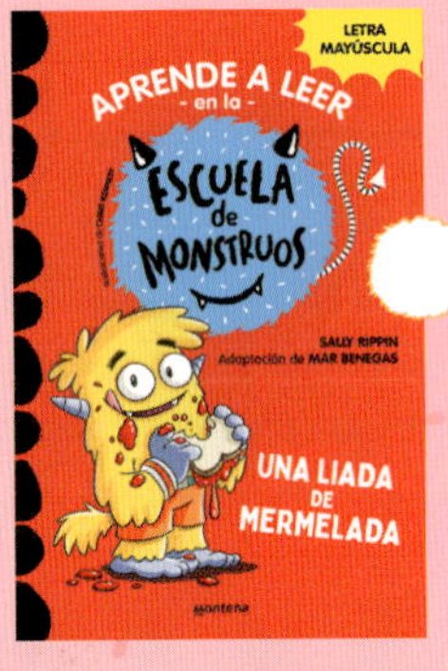

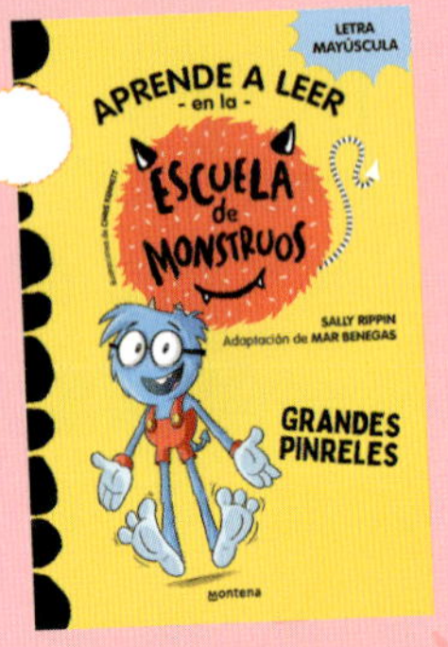

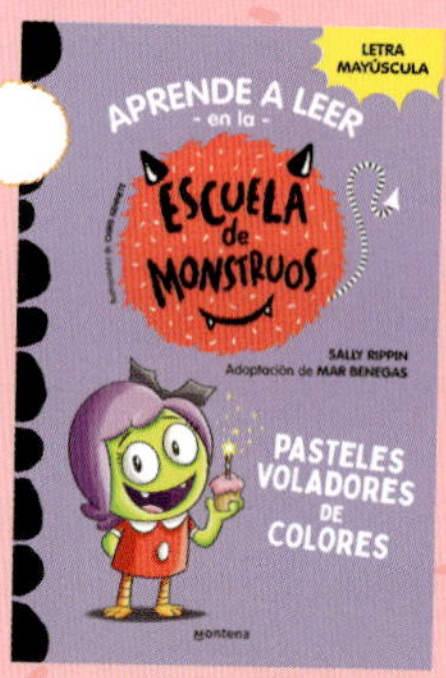

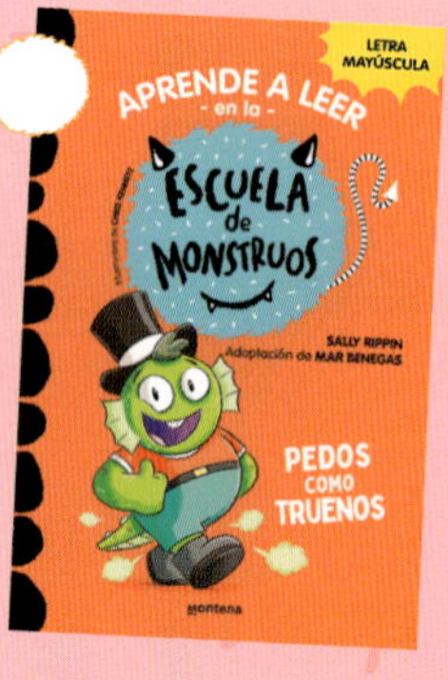

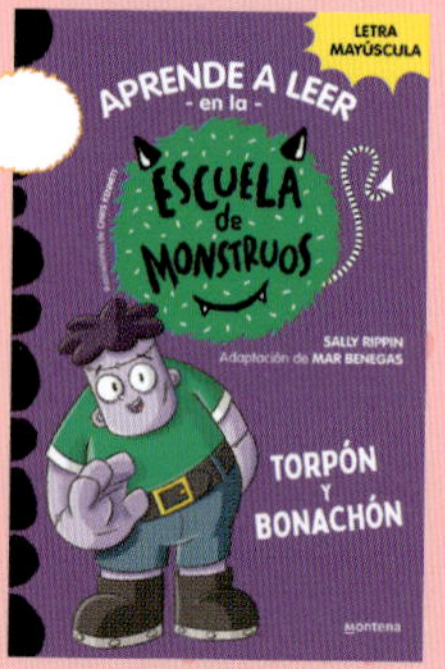

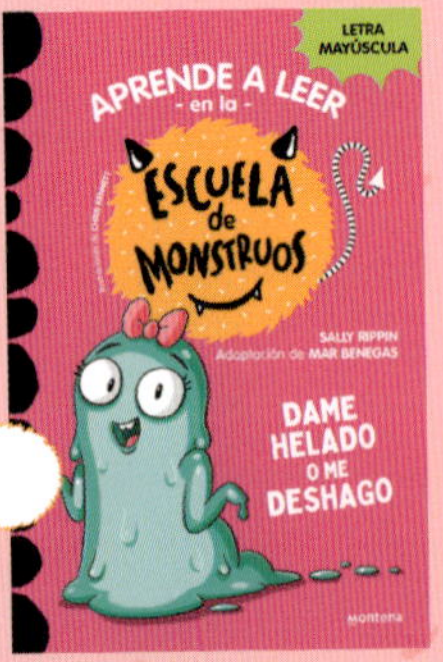

5 Ahora dibuja dos manos y dos botas.

6 ¡Es el momento de los detalles finales! Dibuja los dos botones del abrigo, unas líneas que crucen las botas y algunas escamas de pez. ¡No te olvides de la cola!

Chris Kennett lleva dibujando desde que es capaz de sostener un lápiz (o eso dice su madre). Profesionalmente, Chris ha estado dibujando personajes extravagantes durante los últimos veinte años. Es muy conocido por dibujar las criaturas extrañas y maravillosas de la saga de Star Wars, pero también le encanta dibujar monstruos tiernos y adorables, ¡y espera que tú también lo hagas!

¿HAS LEÍDO TODOS LOS LIBROS DE LA COLECCIÓN?

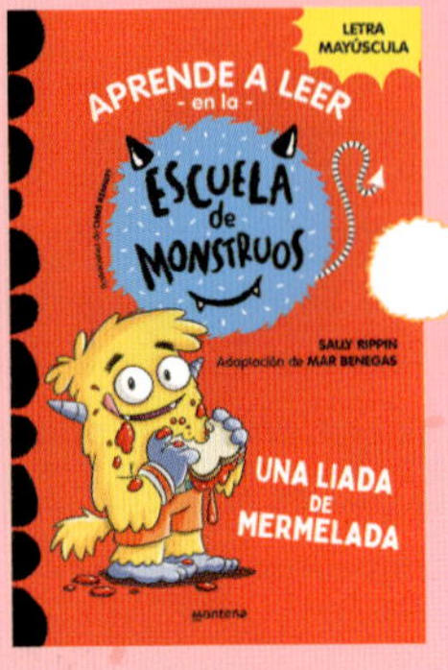

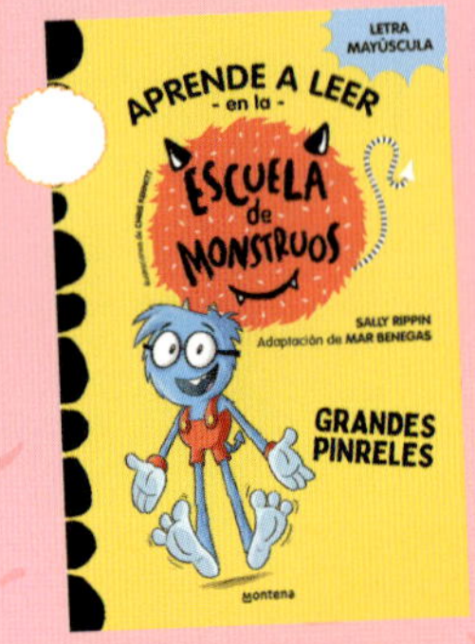

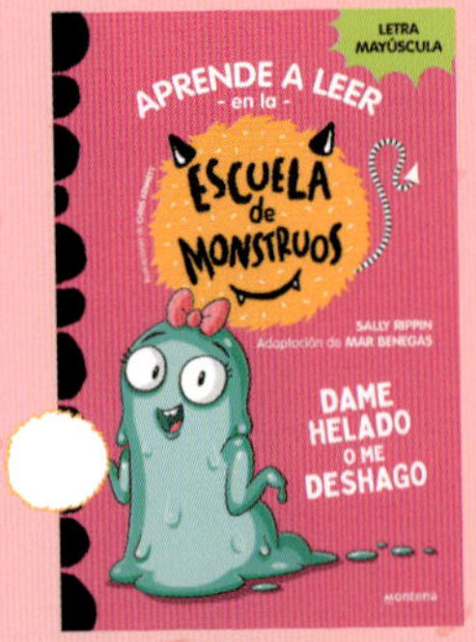

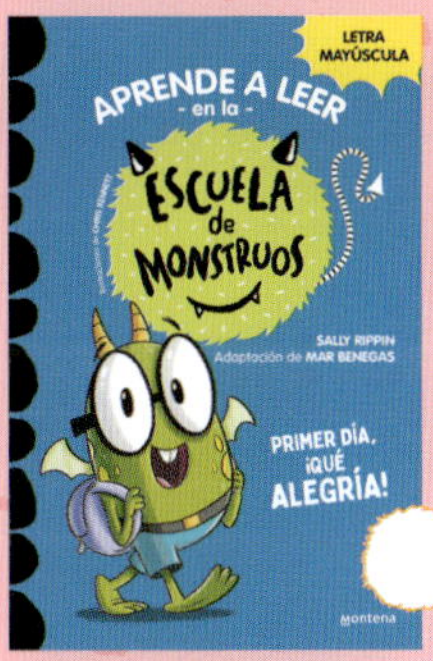
LETRA MAYÚSCULA
APRENDE A LEER
- en la -
ESCUELA de MONSTRUOS
SALLY RIPPIN
Adaptación de MAR BENEGAS
PRIMER DÍA, ¡QUÉ ALEGRÍA!
Montena

LETRA MAYÚSCULA
APRENDE A LEER
- en la -
ESCUELA de MONSTRUOS
SALLY RIPPIN
Adaptación de MAR BENEGAS
UNA IDEA SOBRE RUEDAS
Montena

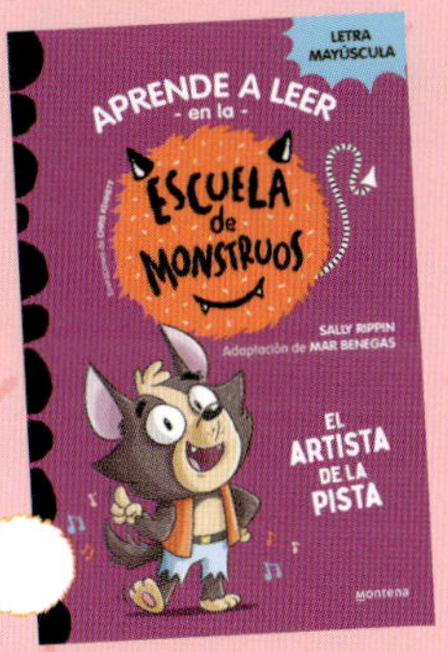
LETRA MAYÚSCULA
APRENDE A LEER
- en la -
ESCUELA de MONSTRUOS
SALLY RIPPIN
Adaptación de MAR BENEGAS
EL ARTISTA DE LA PISTA
Montena

LETRA MAYÚSCULA
APRENDE A LEER
- en la -
ESCUELA de MONSTRUOS
SALLY RIPPIN
Adaptación de MAR BENEGAS
APESTOSO PERO DELICIOSO
Montena

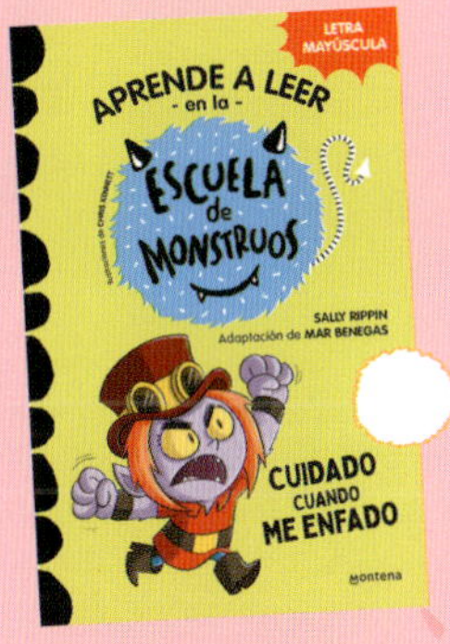
LETRA MAYÚSCULA
APRENDE A LEER
- en la -
ESCUELA de MONSTRUOS
SALLY RIPPIN
Adaptación de MAR BENEGAS
CUIDADO CUANDO ME ENFADO
Montena

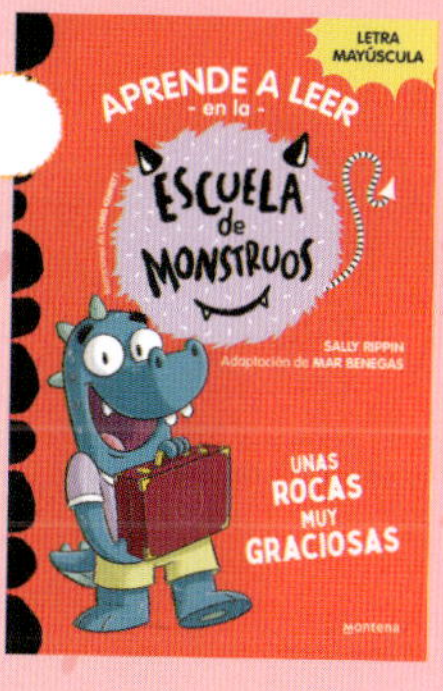
LETRA MAYÚSCULA
APRENDE A LEER
- en la -
ESCUELA de MONSTRUOS
SALLY RIPPIN
Adaptación de MAR BENEGAS
UNAS ROCAS MUY GRACIOSAS
Montena

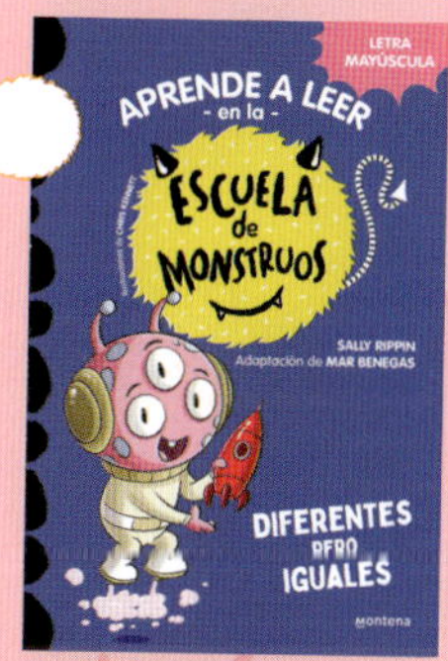
LETRA MAYÚSCULA
APRENDE A LEER
- en la -
ESCUELA de MONSTRUOS
SALLY RIPPIN
Adaptación de MAR BENEGAS
DIFERENTES PERO IGUALES
Montena

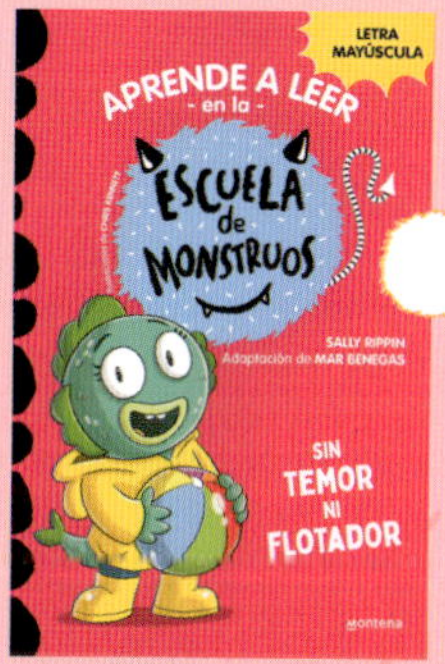
LETRA MAYÚSCULA
APRENDE A LEER
- en la -
ESCUELA de MONSTRUOS
SALLY RIPPIN
Adaptación de MAR BENEGAS
SIN TEMOR NI FLOTADOR
Montena

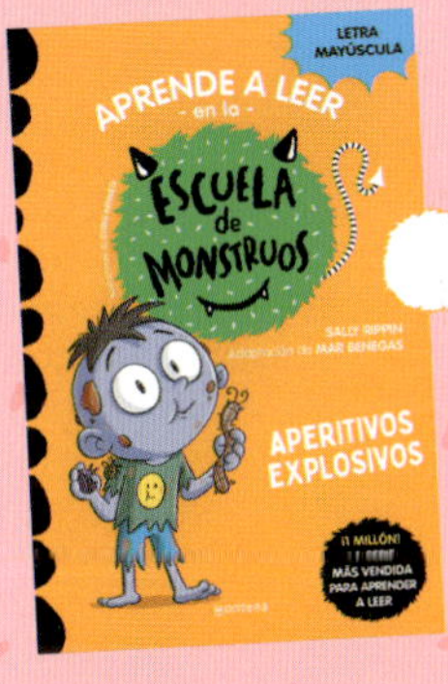
LETRA MAYÚSCULA
APRENDE A LEER
- en la -
ESCUELA de MONSTRUOS
SALLY RIPPIN
Adaptación de MAR BENEGAS
APERITIVOS EXPLOSIVOS
¡1 MILLÓN! LA SERIE MÁS VENDIDA PARA APRENDER A LEER
Montena

LETRA MAYÚSCULA
APRENDE A LEER
- en la -
ESCUELA de MONSTRUOS
SALLY RIPPIN
Adaptación de MAR BENEGAS
UNA FIESTA QUE NO RESTA
¡1 MILLÓN! LA SERIE MÁS VENDIDA PARA APRENDER A LEER
Montena

LETRA MAYÚSCULA
APRENDE A LEER
- en la -
ESCUELA de MONSTRUOS
SALLY RIPPIN
Adaptación de MAR BENEGAS
ESQUELÉTICO PERO FRENÉTICO
¡1 MILLÓN! LA SERIE MÁS VENDIDA PARA APRENDER A LEER
Montena

LETRA MAYÚSCULA
APRENDE A LEER
- en la -
ESCUELA de MONSTRUOS
SALLY RIPPIN
Adaptación de MAR BENEGAS
AL RESCATE, ¡CON CORAJE!
¡1 MILLÓN! LA SERIE MÁS VENDIDA PARA APRENDER A LEER
Montena

Papel certificado por
el Forest Stewardship Council®

MIXTO
Papel | Apoyando la silvicultura responsable
FSC® C117695

Penguin Random House Grupo Editorial

Título original: *Tish Learns to Swim*

Primera edición: abril de 2025
Segunda reimpresión: diciembre de 2025

Printed in Spain – Impreso en España

ISBN: 978-84-19746-03-0
Depósito legal: B-2634-2025

Compuesto por: Marc Cubillas
Impreso en Talleres Gráficos Soler
Esplugues de Llobregat (Barcelona)

GT 4 6 0 3 0